Jorge el curioso
Un hogar para las abejas
Curious George®
A Home for Honeybees

Adaptation by Julie Tibbott
Based on the TV series teleplay
written by Ron Holsey
Translated by Carlos E. Calvo

Adaptación de Julie Tibbott
Basado en la serie de televisión escrita por Ron Holsey
Traducido al español por Carlos E. Calvo

Houghton Mifflin Harcourt
Boston   New York

For information about permission to reproduce selections from this book, write to Permissions, Houghton Mifflin Harcourt Publishing Company, 215 Park Avenue South, New York, New York 10003.

ISBN: 978-0-544-35301-5 paper over board
ISBN: 978-0-544-34870-7 paperback

Design by Afsoon Razavi

www.hmhco.com

Printed in China
SCP 10 9 8 7 6 5 4 3 2 1
4500457113

AGE	GRADES	GUIDED READING LEVEL	READING RECOVERY LEVEL	LEXILE ® LEVEL	SPANISH LEXI.
5-7	1-2	J	17	470L	500L

George and Steve liked to build things.
"You two are good builders. Like bees!" said Betsy.

A Jorge y a Steve les gusta construir cosas.
—Ustedes son buenos constructores. ¡Igual que las abejas! —les
dijo Betsy.

George was curious.
Bees could build things?

**Jorge sintió curiosidad.
¿Las abejas pueden construir cosas?**

"Bees make honeycomb inside their hives to store honey," Betsy said.
She gave some to George and Steve to taste.

—Las abejas hacen panales en sus colmenas para almacenar miel —dijo Betsy.
Les dio un poco a Jorge y a Steve para probar.

Betsy showed them her poster from Earth Day.
Bees build hives in trees to lay their eggs and store honey.

Betsy les mostró el cartel del Día de la Tierra.
Las abejas construyen colmenas en los árboles para poner
huevos y almacenar miel.

All the bees follow a queen bee. She's the biggest bee in the hive. Worker bees go from flower to flower getting nectar and pollen to make honey.

Todas las abejas siguen a la abeja reina. Ella es la abeja más grande de la colmena. Las abejas obreras van de flor en flor juntando néctar y polen para hacer miel.

The honeycomb was very sweet.
When Betsy left for dance class, George and Steve ate
the whole thing!

**El panal era muy dulce.
Cuando Betsy se fue a la clase de baile, ¡Jorge y Steve se lo
comieron todo!**

They needed to find more honeycomb! George and
Steve went to the park to look for a beehive in a tree.
"Be careful! Bees can sting!" Steve said.

**¡Tenían que encontrar otro panal! Jorge y Steve fueron al parque
a buscar una colmena entre los árboles.
—¡Ten cuidado! ¡Las abejas pueden picar! —dijo Steve.**

George could not find a hive.
But he found something else.
He saw a beekeeper at the Earth Day festival in the park!

Jorge no pudo encontrar ninguna colmena.
Pero encontró otra cosa.
¡Vio a un colmenero durante el festival del Día de la Tierra, en el parque!

"This is a beehive," the beekeeper said.
"I built it myself. It works the same way as a hive in a tree."

—Esto es una colmena —dijo el apicultor—. Lo construí yo. Funciona igual que las colmenas de los árboles.

The bees make
honeycomb on the
frames in the top box.
The box on the bottom is where the queen bee lives
and lays her eggs.

**Las abejas hacen panales en los marcos de la caja
superior.
En la caja inferior vive la abeja reina, y allí pone sus
huevos.**

"You can build your own beehive,"
the beekeeper said. "Then you can get more
honeycomb!"

—Ustedes podrían construir su propia colmena —dijo el
apicultor—. ¡Y luego podrían tener más panales!

But a kitchen cabinet would make a great beehive!
Surely the man with the yellow hat would not
mind.

**¡Pero un mueble de cocina serviría perfectamente de
colmena!
Seguramente al señor del sombrero amarillo no le
importará.**

George knew
where to get frames.
He and Steve put all the parts together.
Their beehive was ready to go back to Betsy's
house.

Jorge sabía dónde conseguir marcos.
Él y Steve unieron todas las partes.
Su colmena estaba lista para regresar a la casa de
Betsy.

Now they needed to find some bees.
George had an idea.
Maybe if their hive had flowers, the bees would move in.

Ahora tenían que buscar algunas abejas.
A Jorge se le ocurrió una idea.
Si la colmena tuviera flores, quizás las abejas entrarían.

But just then, Betsy came home.
"I'm sorry we ate all your honeycomb," said Steve. "We built you a hive to make more."

Pero en ese momento Betsy llegó a casa.
—Perdón, nos comimos todo el panal —dijo Steve—. Te construimos una colmena para que se forme otro panal.

Steve and George were worried Betsy would be angry.

But instead, she looked happy.

"This is the best present ever!" Betsy said.

"Besides, that piece of honeycomb was for you. I've got lots more."

Steve y Jorge tenían miedo de que Betsy se enojara. En cambio, ella perecia alegre.

—¡Es el mejor regalo de mi vida! —exclamó Betsy—. Además, ese trozo de panal era para ustedes. Yo tengo muchos más.

What a relief! Betsy's project was not ruined AND
there was more honeycomb.
Everyone was happy.

**¡Qué alivio! El trabajo de Betsy no se había arruinado Y había
más panales.**
Todos estaban contentos.

Well, almost everyone.

Bueno, casi todos.

Sweet Sculptures

Esculturas dulces

Bees build their hives out of beeswax, which they produce with their bodies to make honeycomb. You can build things with all kinds of materials—even dough! Get a grownup to help you make this edible play dough.

Las abejas construyen sus colmenas con cera que producen con su cuerpo para hacer los panales. Puedes construir cosas con todo tipo de materiales… ¡hasta con masa! Pídele ayuda a un adulto para hacer esta plastilina comestible.

What you will need:
1/2 cup honey
1/2 cup peanut butter
Powdered milk (do not add water)

Qué necesitas:
1/2 taza de miel de abeja
1/2 taza de mantequilla de maní
Leche en polvo (no agregues agua)

What to do:
Mix together the honey and the peanut butter. Add enough milk powder to make the dough the right consistency. Have fun creating bees, flowers, or whatever you want—and when you are done playing, you can eat your creations!

Qué debes hacer:
Mezcla la miel con la mantequilla de maní. Agrega leche en polvo hasta lograr una masa consistente. Diviértete haciendo abejas, flores o lo que se te ocurra. ¡Una vez que termines de jugar te puedes comer tus creaciones!

Be Like a Bee   Conviértete en abeja

Did you know that bees can dance? Their dance tells other bees where flowers are located. When they are done collecting nectar and pollen from the flowers, they use their antennae to smell their way back to their hive. Each bee colony has a unique odor so bees can tell it is their home. Now you can have antennae just like a bee.

¿Sabías que las abejas pueden bailar? Su baile les avisa a otras abejas dónde hay flores. Cuando terminan de recolectar néctar y polen de las flores, usan sus antenas para oler el camino de regreso a la colmena. Cada colonia de abejas tiene un olor único para que ellas sepan cuál es su hogar. Ahora tú puedes tener antenas, igual que las abejas.

What you will need:
A plain headband
Chenille craft stems (pipe cleaners)
Small Styrofoam balls

Qué necesitas:
Una cinta elástica para la cabeza
Limpiapipas
Bolitas de poliestireno

What to do:
Twist two pipe cleaners together to make each antenna. Using yellow and black ones will make you look like a real bee!
Twist the two antennae around the top of the headband, several inches apart. Make sure they stand up straight.
Pop a Styrofoam ball on top of each antenna. You may color the balls black first, if you like.
Now go outside and smell the flowers—and do a little dance!

Qué necesitas:
Une dos limpiapipas torciéndolas, para hacer cada antena. ¡Si combinas los colores amarillo y negro parecerás una abeja de verdad!
Tuerce las dos antenas alrededor del borde superior de la cinta, a varias pulgadas de separación. Verifica que queden paradas.
En la punta de cada antena inserta una bolita de poliestireno. Si deseas, primero puedes colorearlas de negro.
Ahora sal... huele las flores... ¡y baila un poco!

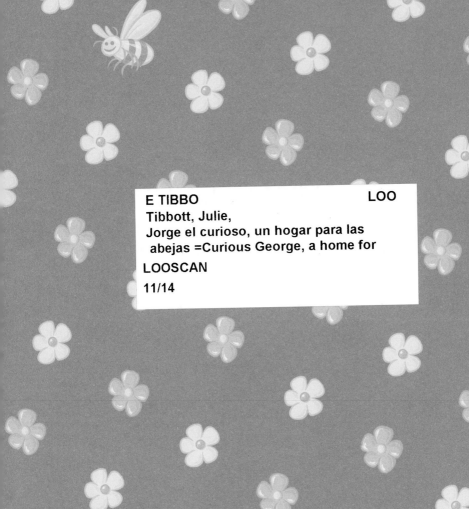